Phèdre

Sénèque

Notes à propos de cette édition

Traduction extraite du *Théâtre des latins comprenant Plaute, Térence et Sénèque le Tragique*, publiée sous la direction de M. NISARD, Paris, Didot, 1866 ; revue et annotée par Christophe JAMAULT.

Fondamentalement, cette traduction française est celle de la Collection Nisard citée ci-dessus. Quelques modifications ont été apportées à l'original : usage du tutoiement en lieu et place du vouvoiement (que les Anciens ignoraient), orthographe modernisée, graphie des noms propres adaptée aux éditions modernes. Si nous avons conservé le découpage en actes et scènes de l'édition de Nisard, nous avons ajouté entre crochets les numéros de vers, afin de faciliter le rapprochement avec d'autres traduction et/ou le texte latin.

Des notes ont été ajoutées au fil du texte afin d'éclaircir le sens de certains noms propres relatifs à la mythologie et à la géographie des Anciens ; sans trop en alourdir la lecture espérons-nous…

Acte I

Scène 1

Hippolyte, Troupe de Chasseurs

HIPPOLYTE

Allez, répandez-vous autour de ces bois épais ; parcourez d'un pas agile le sommet de la colline de Cécrops[1], la plaine qui s'étend au pied du Parnès[2] rocailleux, et les bords du fleuve dont l'onde rapide traverse la vallée de Thria[3]. Franchissez ces monts toujours blanchis par la neige. Et vous, pénétrez sous l'ombrage des aunes entrelacés, dans ces vastes prairies où l'humide haleine du zéphyr fait naître l'herbe du printemps ; dans ces lieux où, d'un cours égal et paisible, l'Ilissus, semblable au Méandre[4], promène ses eaux languissantes, et

---

1   Colline de Cécrops. La « colline de Cécrops » désigne l'acropole d'Athènes, du nom du fondateur mythique d'Athènes, premier roi légendaire d'Attique, né de la terre, mi-homme, mi-serpent.

2   Parnès. Le mont Parnès est un massif montagneux au nord de l'Attique.

3   Vallée de Thria. Territoire situé en Attique, au nord d'Éleusis, sur les rives du Céphise.

4   L'Ilissus… le Méandre. L'Ilissus traverse Athènes, le Méandre la Carie (en

mouille à peine un sable aride. Vous, entrez dans ce sentier à gauche, qui, à travers les bois, conduit à Marathon[5]. C'est là que, suivies de leurs faons, les biches vont paître pendant la nuit.

Vous, tournez de ce côté, où, soumis à la douce influence du midi, l'Acharne[6] laborieux ne sent pas la rigueur des frimas. Que l'un se rende sur l'Hymette[7] fleuri ; l'autre, vers le bourg chétif d'Aphidna[8]. Il y a longtemps que nous n'avons visité les parages où le cap Sounion[9] s'allonge dans la mer. Vous qui aimez une chasse glorieuse, courez à Phlyes[10] : là se tient un sanglier, la terreur des environs, et dont plus d'un chasseur a senti la dent redoutable.

Laissez flotter la laisse des chiens paisibles, au gosier silencieux ; mais tenez fortement en mains ces ardents molosses ; et que le limier impatient de Crète use le poil de son cou, en luttant contre la forte courroie qui arrête ses élans. Quant aux dogues de Laconie[11], race courageuse et avide de sang, il est bon qu'ils soient tenus de plus court encore. Le moment viendra où l'écho des rochers retentira de leurs aboiements.

Maintenant que d'un nez subtil ils éventent le gibier ; que, la tête basse, ils le suivent à la piste, tandis que la clarté est douteuse et que la terre humide garde encore la trace de ses pas, qu'un de vous se charge de ces toiles à larges mailles ; un autre, de ces filets plus serrés. Disposez alentour ces plumes rouges, pour frapper d'une vaine terreur les hôtes des bois.

Toi, tu lanceras le javelot rapide ; toi, saisis à deux mains le pesant épieu armé d'un large fer ; toi, placé en embuscade, tu redoubleras par tes cris l'effroi des animaux lancés ; et toi, avec ce couteau

---

Asie Mineure, actuelle Turquie) et se déverse dans la mer Égée.

5   Marathon. Important dème (division administrative) de l'Athènes antique, au Nord-Est de l'Attique.

6   Acharne. Le plus vaste des dèmes d'Attique, situé au pied du mont Parnès.

7   L'Hymette. Massif montagneux au Sud-Est d'Athènes.

8   Aphidna. Autre dème de l'Athènes antique.

9   Le cap Sounion. Situé au Sud-Est de l'Attique, le cap Sounion est surtout renommé son sanctuaire à Poséidon.

10   Phlyes. Autre dème de l'Athènes antique.

11   Laconie. Région du Péloponnèse, dont la capitale est Sparte.

recourbé, tu détacheras leurs entrailles quand ils seront abattus.

Sois propice à un mortel qui t'honore, ô déesse intrépide qui règnes dans les solitudes des bois[12] ; qui perces de traits inévitables les monstres qui s'abreuvent dans les froides eaux de l'Araxe[13], et ceux qui bondissent sur la glace de l'Ister[14]. Ton bras atteint les lions de Gétulie[15] et les biches de Crète, ou renverse d'un coup plus léger le daim rapide.

Vous, frappez en face le tigre à la peau mouchetée ; vous, atteignez dans leur fuite le bison à l'épaisse crinière, et l'aurochs farouche aux larges ramures.

Tous les hôtes des déserts qui peuplent ou le sol infécond des Garamantes[16], ou les riches forêts de l'Arabie[17], ou les cimes sauvages des Pyrénées, ceux que nourrissent les bois épais de l'Hyrcanie[18], ou les vastes plaines du Sarmate[19] vagabond, tous, ô Diane, redoutent tes flèches : l'heureux chasseur auquel tu es propice voit le gibier tomber dans ses toiles ; nulle proie ne rompt le filet qui l'enferme ; le chariot qui la rapporte gémit sous une charge pesante. Les chiens reviennent la gueule rouge de sang, et le cortège rustique regagne le hameau dans tout l'appareil d'un triomphe.

Allons, la déesse nous favorise ; voilà des aboiements qui sont d'un bon augure. La forêt m'appelle ; j'y vole, ce sentier m'abrégera le chemin.

---

12 Déesse intrépide… Diane.

13 L'Araxe. Rivière prenant sa source sur le haut-plateau arménien qui se déverse dans la mer Caspienne.

14 L'Ister. Nom antique du Danube.

15 Les lions de Gétulie. Lions répandus en Afrique du Nord, dans l'Antiquité, de réputation féroce.

16 Les Garamantes. Ancien peuple de berbères libyens situé entre la Libye et l'Atlas.

17 L'Arabie. Le nom désignait à l'origine la région désertique de la côte septentrionale de la péninsule Arabique, située à l'est du delta du Nil, et qui se fond dans la Syrie.

18 L'Hyrcanie. Ce nom désigne, dans l'Antiquité, les régions d'Asie situées au Sud-Est de la Mer Caspienne au Nord-Est de l'Iran actuel.

19 Sarmate. Les Sarmates sont un ancien peuple de nomades des steppes, établis à l'origine entre le Don et l'Oural.

Scène 2

Phèdre, la Nourrice

PHÈDRE

Ô puissante Crète, qui règnes au loin sur la mer ; toi dont les innombrables vaisseaux ont parcouru toutes les côtes, et sillonné les plaines navigables de Nérée[20] jusqu'aux rivages d'Assyrie[21], devais-tu me laisser comme otage dans ces lieux que je hais, et, me donnant un ennemi pour époux, me condamner à vivre dans la douleur et dans les larmes ? mon vagabond époux me délaisse ; l'hymen ne l'a pas rendu plus fidèle. Secondant un amant insensé[22], il a osé descendre avec lui sur les bords ténébreux du fleuve qu'on ne franchit qu'une fois[23]. Il veut ravir sur son trône la reine des enfers[24]. Ni crainte, ni pudeur, ne l'ont pu retenir ; le père d'Hippolyte va, sur les bords de l'Achéron, servir une flamme coupable et d'adultères amours. Mais un souci plus cruel déchire aujourd'hui mon cœur : ni le calme des

20 Nérée. Nérée était, dans la mythologie grecque, un dieu marin, représenté comme un personnage âgé, fils de Pontos, mari de l'Océanide Doris et père des Néréides, les jeunes filles de la mer.

21 Assyrie. Sous l'Empire romain, le terme d'Assyrie, comme le terme d'Assyriens, désigne, de manière assez floue parfois, une région géographique voisine du nord de la Mésopotamie et correspondant en partie à l'ancienne Assyrie historique. Les « rivages d'Assyrie » doivent correspondre à la région des Syrie, Liban, ou Sud-Est de Turquie actuelle.

22 Un amant insensé. Il s'agit de Pirithoüs, roi des Lapithes (peuple de Thessalie) et ami de Thésée. Pirithoüs avait formé le projet d'enlever Proserpine à Pluton.

23 Le fleuve qu'on ne franchit qu'une fois. Cette périphrase peut désigner l'Achéron, un fleuve des Enfers, dont un des débordements était censé former le lac Averne (situé en Campanie, région actuelle de Naples).

24 La reine des enfers. Proserpine, épouse de Pluton.

nuits, ni les douceurs du sommeil, ne sauraient le calmer. Le mal est en moi, il couve, il s'accroît, il me dévore : c'est le feu qui s'échappe des fournaises de l'Etna[25]. Je néglige les œuvres de Pallas[26] ; la toile commencée s'échappe de mes mains. Je ne puis plus porter dans les temples mes offrandes et mes vœux ; ni, la torche sacrée à la main, au milieu d'un chœur d'Athéniennes, célébrer les mystères silencieux d'Éleusis[27], ni présenter à la déesse protectrice d'Athènes[28] un hommage pur et de chastes prières. J'aime à poursuivre les habitants des forêts, charger d'un pesant javelot cette faible main. Quel est ce délire ? Insensée, que vas-tu chercher dans les bois ?

Je reconnais cette fatalité qui perdit ma mère[29]. C'est dans les bois que commença notre crime à toutes deux. Ô ma mère, que je te plains ! Un taureau fut l'horrible objet de ta passion effrénée ; mais cet amant farouche, chef indompté d'un troupeau sauvage, du moins il savait aimer. Et moi ; quel dieu, quel autre Dédale[30] pourrait servir ma flamme infortunée ? Non, quand renaîtrait cet ingénieux artiste qui enferma dans une obscure demeure le fruit monstrueux de tes amours[31], il ne saurait apporter aucun soulagement à mes maux.

Vénus[32], implacable ennemie des enfants du Soleil, se venge sur

---

25 Etna. Volcan d'Italie situé en Sicile, à proximité de la ville de Catane.

26 Les œuvres de Pallas. La périphrase désigne le tissage. Pallas Athéna (Minerve) est la déesse de la sagesse mais aussi la protectrice des arts et des sciences. Tout ce qui est filé ou cousu est de son domaine. À Rome, c'est à la mère de famille que revient le devoir de confectionner les vêtements nécessaires aux membres de la maisonnée.

27 Éleusis. Lieu de culte très important d'Attique, situé à une vingtaine de kilomètres d'Athènes. Il était voué aux déesses Déméter et sa fille Coré (Cérès et Perséphone chez les Latins). Un culte à mystères y était célébré, duquel les initiés ne devaient rien dire, d'où l'expression « mystères silencieux d'Éleusis ».

28 La déesse protectrice d'Athènes. Cette déesse est évidemment Athéna.

29 Ma mère. Pasiphaé, fille du Soleil.

30 Dédale. Artisan et inventeur légendaire athénien, il passait pour avoir vécu à l'époque de Minos et personnifiait chez les Grecs le développement de la sculpture et de l'architecture. Il passait pour avoir réalisé le Labyrinthe.

31 Le fruit monstrueux de tes amours. Le Minotaure, fruit des amours de Pasiphaé et du taureau, enfermé dans le Labyrinthe.

32 Vénus. Vénus et Mars étaient amants. Hélios le soleil les dénonça à Vulcain

nous de l'affront de Mars et du sien. Elle ne cesse de répandre sur nous l'opprobre et l'infamie. Nulle fille de Minos n'a brûlé d'une flamme légitime : le crime a toujours part à leur amour.

LA NOURRICE

Épouse de Thésée, race illustre de Jupiter[33], chasse de ton cœur les désirs impurs ; étouffe une flamme coupable ; n'ouvre pas ton cœur à de funestes espérances. Quiconque résiste d'abord à l'amour et repousse ses séductions est assuré de le vaincre. Mais celui qui accueille l'insinuant ennemi, accepte un joug que plus tard il essayerait en vain de secouer. Je n'ignore pas, en te parlant, combien la vérité déplaît aux oreilles superbes des rois ; ils ne veulent pas qu'on les rappelle à la vertu. Mais, quel que doive être le prix de mon zèle, je me résigne d'avance. Vieille comme je suis, je serai bientôt libre ; et cette idée m'inspire du courage.

Résister fermement à la passion, et n'y pas succomber, est le premier degré de l'honneur ; le second est d'avoir au moins la conscience de sa faute. Infortunée ! quel est ton espoir ? Pourquoi ajouter aux crimes de ta famille, et surpasser celui de ta mère ? Un crime est plus hideux qu'un monstre ; car celui-ci peut être l'effet de la fatalité, l'autre ne vient que du dérèglement des mœurs. Si tu crois pouvoir cacher ta faute et n'avoir rien à craindre, parce que ton époux n'est pas sur la terre, tu es dans l'erreur. Et quand il serait enseveli dans les abîmes du Léthé[34], retenu à jamais sur les rives du Styx[35], crois-tu que ce roi dont l'empire s'étend au loin sur la mer, et qui commande aux cent villes de la Crète, que ton père enfin ne

---

    (l'époux de Vénus). Celui-ci fabriqua un filet aussi solide qu'invisible qui les emprisonna. D'où la haine que voua Vénus au Soleil et à sa descendance, sa fille Pasiphaé et les filles que celle-ci eut de Minos, Ariane et Phèdre.

33 Race illustre de Jupiter. Il s'agit ici de Phèdre, en tant que fille de Minos (fils de Zeus et d'Europe).

34 Léthé. Chez les poètes latins, un des cinq fleuves des Enfers. Dans l'Énéide (Chant VI), son eau est bue par les âmes qui vont se réincarner, si bien qu'elles oublient leur vie antérieure.

35 Styx. Dans la mythologie grecque, principal fleuve des Enfers que Charon faisait traverser aux âmes des morts.

découvrira pas cet affreux mystère ? Il est difficile de tromper un père. Mais supposons qu'à force de ruse et d'adresse nous lui dérobions ce funeste secret : le cacheras-tu à ton aïeul, dont les rayons éclairent tout ce qui existe[36] ; au père des dieux, qui ébranle l'Olympe des foudres sorties des forges de l'Etna[37] ? Espères-tu échapper aux regards de tes aïeux, auxquels dans le monde rien n'échappe ? Suppose même enfin que les dieux complaisants couvrent d'un voile tes coupables jouissances, et, ce que les grands criminels n'obtiennent jamais, que le secret te soit fidèlement gardé : songes-tu aux tourments, aux alarmes d'une âme bourrelée de remords, et qui se craint elle-même ? Une adultère trouve quelquefois impunité dans le crime ; sécurité, jamais. Étouffe, je t'en conjure, un amour impie. Ne te souilles pas d'un forfait inconnu même chez les Gètes errants[38], chez les peuples sauvages du Taurus[39] ou les Scythes vagabonds[40]. Chaste jusqu'à ce jour, renonce à un crime qui fait frémir ; et que l'exemple de ta mère te préserve d'un amour monstrueux. Tu veux que ton lit reçoive le fils après le père, que leur sang mêlé se confonde dans tes flancs impies ! Achève donc, et que tes feux détestables bouleversent les lois de la nature : enfante un nouveau monstre. Pourquoi laisser vide le repaire fraternel ? Ne faut-il pas que l'univers frémisse, que la nature se révolte, chaque fois qu'une Crétoise aimera ?

PHÈDRE

Je reconnais, ô fidèle nourrice, la sagesse de tes conseils ; mais une passion furieuse m'entraîne. Je vois l'abîme où mon égarement me pousse ; en vain je résiste, mes efforts ne peuvent me rendre à la vertu. Je ressemble au nocher qui remonte avec peine un fleuve rapide : sa barque, repoussée enfin par les flots, est bientôt emportée

---

36 Ton aïeul… Le Soleil.

37 Au père des dieux… Jupiter.

38 Gètes errants. Nom donné aux tribus nomades ayant peuplé le bassin du Bas-Danube dans l'Antiquité.

39 Taurus. Chaîne de montagnes s'étendant dans le Sud-Est de l'actuelle Turquie.

40 Scythes vagabonds. Ensemble de peuples en grande partie nomades, vivant dans une vaste zone s'étendant de l'actuelle Bulgarie au Kazakhstan.

par l'impétuosité du courant. Que peut la raison sur un cœur que la passion domine ? Un dieu puissant[41] règne en tyran sur mon âme, et ce dieu ne soumet-il pas toute la terre à son empire ? Jupiter lui-même éprouva les effets de sa flamme invincible ; le dieu terrible de la guerre[42] n'en a pu éviter les atteintes ; le forgeron[43] de la foudre aux trois pointes n'y a pas échappé, lui qui attise impunément les fournaises de l'Etna : cette flamme imperceptible l'a dompté. Phébus[44], si habile à lancer des traits, est percé des traits encore plus sûrs d'un enfant ailé qui voltige partout[45], également redoutable à la terre et au ciel.

LA NOURRICE

C'est la volupté qui, pour flatter nos vices, a fait un dieu de l'amour ; c'est elle qui, pour être plus libre, a érigé des autels au plus furieux des penchants. Quoi ! la déesse d'Éryx[46] ordonnerait à son fils d'errer ainsi dans le monde entier ? et lui, faible enfant, prenant son essor dans le ciel, frapperait les dieux d'une main insolente ? le plus chétif des immortels aurait ce pouvoir absolu ? Chimères, inventions de l'esprit, qui, pour excuser le délire des sens, a divinisé la mère et armé la main du fils !

Quiconque s'abandonne aux douceurs enivrantes de la prospérité, et se livre aux excès qu'enfante le luxe, ne se contente plus des plaisirs ordinaires. Alors naissent ces désirs déréglés, compagnons funestes des grandes fortunes. On ne veut plus des mets ordinaires, d'une habitation modeste et d'une nourriture frugale. Pourquoi le fléau qui te consume pénètre-t-il si rarement dans la cabane du pauvre, et choisit-il de préférence les demeures opulentes ? Pourquoi ne voit-on sous le chaume que de chastes amours ? Pourquoi le

---

41 Un dieu puissant. Éros, fils de Vénus.

42 Le dieu terrible de la guerre. Mars qui eut une liaison adultère avec Vénus.

43 Le forgeron. Vulcain, l'époux (trompé) de Vénus.

44 Phébus. Autre nom d'Apollon.

45 Enfant ailé qui voltige partout. Cette périphrase désigne Éros.

46 Éryx. Cité du Nord-Ouest de la Sicile, fondée par le héros éponyme, fils de Vénus. C'est de là que le culte d'Aphrodite (Vénus) Éryciné fut introduit à Rome ; d'où la périphrase « la déesse d'Éryx ».

vulgaire n'a-t-il que de sages penchants ? Pourquoi la médiocrité connaît-elle seule la modération, tandis que les riches et les princes ne peuvent se contenter de ce qui est permis ? Ainsi l'excès de la puissance les pousse à vouloir l'impossible. Songe à ce qui convient à une reine ; songe au retour d'un époux, et redoute sa juste vengeance.

PHÈDRE

L'amour seul règne sur mon cœur. Je ne crains pas ce retour dont tu me menaces. On ne revoit plus la lumière des cieux quand on est une fois descendu dans l'empire du silence et de la nuit[47].

LA NOURRICE

Garde-toi de cette confiance ! Quand Dis[48] aurait fermé toutes les barrières de son empire, quand Cerbère[49] veillerait aux portes formidables de ce séjour, Thésée seul a bien pu se frayer un chemin en dépit de tous les obstacles.

PHÈDRE

Peut-être excusera-t-il mon amour.

LA NOURRICE

Lui, devant qui une chaste épouse ne put même trouver grâce ! lui, dont la main cruelle a versé le sang d'Antiope[50] ! Mais je veux que tu parviennes à fléchir son courroux. Qui pourrait attendrir l'âme

---

47 L'empire du silence et de la nuit. Les Enfers.

48 Dis. Dans la religion romaine, roi des Enfers, équivalent du dieu grec Pluton (autre nom d'Hadès), dont le nom Dis (c'est-à-dire Dives, « riche ») en est peut-être la traduction latine.

49 Cerbère. Chien monstrueux qui gardait l'entrée des Enfers. Il avait trois têtes (ou cinquante) et une crinière ou une queue de serpents.

50 Antiope. Autre nom d'Hippolyté, la reine des Amazones, qui eut, avec Thésée, Hippolyte. Plusieurs versions quant à sa mort sont attestées. Pour le plus grand nombre, Antiope mourut lors de la guerre que livrèrent les Amazones aux Athéniens. Une obscure légende fait état d'un Thésée immolant Antiope, au début de la guerre, sur l'ordre d'un oracle.

insensible de celui que tu aimes[51] ? Intraitable ennemi de tout notre sexe, il déteste l'amour, et l'hymen ne lui inspire que de l'horreur. Penses-tu, le fils d'une Amazone !

PHÈDRE

J'irai, je le suivrai sur ces monts couverts de neige où il se plaît, à travers ces roches aiguës qu'il franchit d'un pied léger, à travers les montagnes, au fond des bois.

LA NOURRICE

Lui, s'arrêter ! lui, se laisser attendrir ! Chaste jusqu'à ce jour, il partagerait une flamme adultère ! Il cesserait de te haïr, toi la cause peut-être de son aversion pour toutes les femmes !

PHÈDRE

Est-il donc insensible aux prières ?

LA NOURRICE

C'est une âme farouche.

PHÈDRE

L'amour, dit-on, dompte les plus sauvages.

LA NOURRICE

Il te fuira.

PHÈDRE

Je le suivrai, s'il le faut, même au-delà des mers.

LA NOURRICE

Songe à ton père.

PHÈDRE

Je songe aussi quelle fut ma mère.

____

51 Celui que tu aimes . Hippolyte.

13

LA NOURRICE

Il hait tout notre sexe.

PHÈDRE

Je craindrai moins les rivales.

LA NOURRICE

Ton époux va revenir.

PHÈDRE

Oui, mais complice de Pirithoüs.

LA NOURRICE

Ton père aussi peut venir.

PHÈDRE

Il se montra facile pour ma sœur Ariane.

LA NOURRICE

Je t'en conjure par ces cheveux que l'âge a blanchis, par les inquiétudes qui me déchirent, par ce sein qui t'a nourrie, rappelle ta raison, et seconde toi-même mes efforts. Vouloir être guéri est un pas de fait vers la guérison.

PHÈDRE

Ma chère amie, mon cœur est né vertueux, et toute pudeur n'y est pas éteinte. Étouffons un amour dont je ne suis plus maîtresse. Ma gloire, je ne te souillerai point ! Il n'est qu'un seul remède à mon mal ; je l'emploierai, j'irai rejoindre mon époux aux enfers. La mort sauvera ma vertu.

LA NOURRICE

Calme-toi, ô ma fille ! réprime cet accès de désespoir. Oui, tu es d'autant plus digne de vivre que tu crois plus mériter la mort.

PHÈDRE

J'ai résolu de mourir, et n'hésite que sur le genre de mort. Dois-je recourir au lacet fatal, ou me percer le sein, ou me précipiter du temple consacré à Pallas[52]. Que cette main venge la pudeur que j'ai outragée.

LA NOURRICE

Quoi ! ma vieillesse te laisserait rompre ainsi le cours de tes jeunes années ! Ah ! renonce à cette fureur.

PHÈDRE

Il n'est jamais facile d'engager quelqu'un à vivre ; mais quels raisonnements pourraient arrêter celui qui y est résolu, et pour qui la mort est un devoir ?

LA NOURRICE

Ô ma chère maîtresse, seule consolation de mes vieux ans, si cette malheureuse passion te tyrannise à ce point, abandonne le soin de ta renommée. La renommée est mensongère, plus favorable souvent au vice qu'à la vertu. Eh bien ! essayons de le toucher, ce cœur intraitable. Charge-moi d'aborder ce jeune homme farouche, et de triompher de ses rigueurs.

Scène 3

Le Chœur

---

52 Temple consacré à Pallas. Temple situé sur l'Acropole à Athènes.

LE CHŒUR

Ô déesse, fille de l'orageux Océan[53], deux Amours t'appellent leur mère. L'un d'eux n'est qu'un enfant plein de malice et de grâce ; mais quelle tyrannie il exerce par ses flèches et son flambeau ! combien ses coups sont inévitables ! Il fait circuler dans nos veines un feu dévorant, dont l'ardeur secrète nous consume. Il ne fait pas de larges blessures, mais le mal pénètre sourdement, et se glisse jusqu'au fond du cœur.

Cet enfant cruel n'est jamais en repos : il fait voler ses flèches rapides vers tous les points de l'univers. Des contrées qui voient naître le Soleil à celles d'Hespérie[54], dans les climats situés sous le Cancer brûlant[55], dans ceux où l'Ourse parrhasienne[56] ne voit parmi ses frimas que des peuplades errantes, tout ressent les feux de l'amour. Il fait bouillonner le sang du jeune homme ; il ranime l'ardeur éteinte du vieillard épuisé, allume dans le sein des jeunes vierges une flamme inconnue. Il force les dieux à descendre du ciel, et à habiter la terre sous des formes empruntées. Apollon, devenu pasteur en Thessalie[57], renonce à la lyre, et rassemble son troupeau au son d'un chalumeau rustique. Sous combien de formes abjectes ne s'est pas caché celui qui régit à son gré le ciel et les tempêtes[58] ? Tantôt il se couvre d'ailes d'une éclatante blancheur, et prend la voix harmonieuse du cygne mourant[59] ; tantôt, sous la forme d'un taureau jeune et fier, il se mêle aux jeux des jeunes filles, s'abaisse, et les invite à s'asseoir sur sa croupe. Tout à coup il s'élance dans l'humide

---

53   Fille de l'orageux Océan. Une tradition rapporte que Vénus (Aphrodite) serait la fille d'Uranus (Ouranos), dont les organes sexuels, tranchés par Cronos, tombèrent dans la mer et engendrèrent la déesse.

54   Contrées d'Hespérie. L'Occident, où le Soleil finit sa course.

55   Le Cancer brûlant. Les régions du Sud.

56   L'Ourse parrhasienne. Parrhasie est le nom d'une ville d'Arcadie (centre du Péloponnèse). L'Ourse parrhasienne ou d'Arcadie désigne Callisto qui fut métamorphosée en constellation, la Grande Ourse, par Zeus.

57   Apollon, devenu pasteur en Thessalie. Apollon se retrouva un temps (forcé ou volontairement) au service d'Admète, roi de Phères en Thessalie.

58   Celui qui régit à son gré le ciel et les tempêtes. Jupiter.

59   Évocation de l'épisode de Jupiter se métamorphosant en cygne pour séduire Léda.

empire de son frère ; l'onde reconnaît son nouveau maître. Lui, ravisseur timide, s'alarme pour sa conquête ; il agite ses pieds qui lui servent de rames, et de sa large poitrine fend les flots écumants[60]. Sensible à l'amour, la reine brillante des nuits abandonna son char, et chargea son frère du soin nouveau pour lui de le conduire. Celui-ci apprit alors à diriger les deux nocturnes coursiers, et à resserrer le cercle de sa carrière. Le char fléchit sous le poids du dieu, et sa marche plus lente prolongea la durée des nuits, et retarda la naissance du jour.

Le fils d'Alcmène[61], vaincu par l'amour, détacha de ses épaules et son carquois et la dépouille menaçante du lion de Némée, laissa mettre à ses doigts des bagues d'émeraudes, et relever avec art sa rude chevelure. Enfermant son pied dans un jaune brodequin que rattachaient à sa jambe des liens brillants d'or, il fit tourner les fuseaux légers entre les mêmes doigts qui naguère serraient une massue. La Perse et la Lydie fertile ont vu jeter avec mépris la peau du lion formidable, et ces mêmes épaules, qui avaient soutenu le ciel, se couvrir d'un tissu léger de la pourpre de Tyr[62].

Croyez-moi, je ne l'ai que trop éprouvé, rien n'est plus ardent que les feux de l'amour ; on n'y peut résister : et la terre, et le vaste océan, et ces plaines de l'air que les astres remplissent de leur pur éclat, tout reconnaît les lois de cet enfant cruel. La troupe des Néréides[63], dans ses grottes profondes, n'est pas à l'abri de ses traits, et la mer ne suffit pas pour éteindre ses feux. Les légers habitants de

---

60 Évocation de l'enlèvement d'Europe par Jupiter métamorphosé en taureau.

61 Le fils d'Alcmène. Hercule.

62 Évocation des amours d'Hercule et d'Omphale, reine de Lydie (en Asie Mineure, dans l'actuelle Turquie). À la suite d'un meurtre particulièrement honteux dont Hercule s'était rendu responsable, l'oracle d'Apollon lui prescrivit de se mettre au service d'Omphale. Le héros se soumit à la reine et ils échangèrent leurs rôles, échangeant également attributs et vêtements. La Perse est la région de l'actuelle Iran et la Lydie, le royaume d'Omphale, est la région occupant le centre de l'Asie Mineure occidentale (actuelle Turquie). Tyr, enfin, est une antique cité phénicienne du Sud de l'actuel Liban.

63 Néréides. Nymphes marines, filles du dieu marin Nérée et de l'Océanide Doris, elles sont au nombre de cinquante et vivent dans des grottes marines.

l'air ne peuvent s'y soustraire.

Quelles fureurs, quels combats parmi les taureaux amoureux, pour la possession entière du troupeau ! Comme le cerf timide s'élance sur un rival, et témoigne sa rage par ses mugissements ! C'est alors que les noirs Indiens redoutent le tigre moucheté ; c'est alors que, la gueule écumante, le sanglier aiguise ses défenses meurtrières. Dès qu'ils ont senti l'aiguillon de l'amour, les lions d'Afrique secouent leur crinière, et font retentir les forêts de leurs rugissements ; et les monstrueux habitants des ondes turbulentes, et l'éléphant dans les déserts, obéissent à l'amour. La nature soumet tous les êtres à ses lois ; aucun n'est exempt de ce tribut. Quand l'amour l'ordonne, la haine disparaît ; les feux de l'amour triomphent des plus longues inimitiés ; et pour tout dire enfin, il attendrit, fléchit le cœur même d'une marâtre.

Acte II

Scène 1

La Nourrice, Phèdre, le Chœur

LE CHŒUR (*À la nourrice.*)
Eh bien ! que venez-vous nous apprendre ? En quel état est la reine ? Son cœur est-il enfin plus calme ?

LA NOURRICE
J'ai perdu l'espoir de calmer un mal si violent et de mettre un terme à son ardeur insensée. Un feu secret la dévore, mais sa passion, quoique renfermée dans son sein, éclate sur son visage. Ses regards sont enflammés, elle ferme à la lumière ses paupières languissantes. Troublée, indécise, rien ne lui plaît ; son inquiète douleur fatigue son corps de mouvements inutiles. Tantôt elle semble expirante ; ses genoux se dérobent, et sa tête défaillante retombe sur son sein. Tantôt elle cherche le repos ; mais le sommeil la fuit, et elle passe les nuits à gémir. Elle veut qu'on la lève, et soudain qu'on la recouche ; qu'on délie ses cheveux, et soudain qu'on les rassemble. À charge à elle-

même, elle change à toute heure de position et d'idée. Elle néglige le soin de sa vie, refuse toute nourriture. Faible, défaillante, elle se traîne au hasard d'un pas mal assuré ; plus de vivacité ; son teint a perdu son éclat. Un cruel souci la consume. Sa démarche est lente et incertaine, et sa beauté a disparu. Ses yeux n'ont plus rien de cet éclat divin que le dieu du jour leur avait communiqué, et qui rappelait son illustre naissance. Les pleurs coulent de ses yeux et baignent continuellement ses joues, comme ces pluies douces qui fondent les neiges du Taurus…

Mais on ouvre la porte du palais. Étendue sur une couche dorée, la voilà qui, dans son égarement, refuse de mettre ses vêtements accoutumés.

PHÈDRE

Ôtez-moi ces habits brillants d'or et de pourpre ; loin de moi ces tissus formés des fils que les Sères[64] tirent de leurs forêts, et que Tyr a embellis de sa riche couleur. Je ne veux qu'une robe légère, relevée par une étroite ceinture. Détachez ce collier, débarrassez mes oreilles de ces perles, riches dépouilles des mers de l'Inde. Cessez de répandre sur mes cheveux ces parfums d'Assyrie. Je veux qu'ils tombent épars sur mes épaules, et que, soulevés par ma course rapide, ils flottent au gré des vents. Ma main gauche portera le carquois ; de l'autre je lancerai les javelots de Thessalie. Telle était la mère du rigide Hippolyte ; telle était cette fille du Tanaïs ou des Méotides[65], lorsque, sortant des climats glacés de l'Euxin[66], elle parut dans les champs de l'Attique, à la tête de ses guerrières redoutables. Ses cheveux, rattachés par un simple nœud, retombaient sur ses épaules ; et son flanc n'était défendu que par un bouclier en forme de croissant. C'est ainsi que je veux parcourir les forêts.

---

64 Les Sères. Nom que les Grecs et les Romains donnaient aux habitants de la
    Sérique (ou pays des Sères), c'est-à-dire la Chine, le pays de la soie.
65 Tanaïs et Méotides. Le Tanaïs est l'antique nom pour désigner le Don, un des
    principaux fleuves de Russie. Les (eaux) Méotides désignent la mer d'Azov,
    annexe septentrionale de la mer Noire.
66 Euxin. Le Pont-Euxin, l'actuelle mer Noire.

LA NOURRICE (*À elle-même.*)

Cessons nos plaintes ; elles ne soulagent point les malheureux. Tâchons plutôt de nous rendre propice la vierge auguste[67] qui se plaît dans les bois. Reine des bois, qui seule entre les immortels te plais sur les montagnes, et la seule aussi te vois adorée sur leurs cimes désertes, détourne les sinistres présages qui nous menacent !

Ô déesse puissante, dont la majesté remplit les forêts ; astre brillant du ciel, ornement de la nuit ; toi dont le flambeau remplace au ciel celui du soleil ; triple Hécate[68], favorise notre entreprise ! Dompte le cœur rebelle du sauvage Hippolyte ; qu'il apprenne à aimer, à briller d'une ardeur mutuelle, et qu'il entende nos soupirs ; apprivoise ce cœur farouche : qu'il tombe dans les pièges de l'amour, et qu'enfin ce superbe, cet insensible, ce sauvage, subisse les lois de Vénus. Emploie à ce changement toute ta puissance. Pour prix d'un tel bienfait, puisses-tu, toujours brillante et radieuse, percer par ton éclat l'obscurité des nuages ! Que les enchantements de la Thessalie[69] ne t'obligent jamais à descendre des cieux où tu promènes le flambeau des nuits, et que jamais aucun berger ne puisse se glorifier de tes faveurs ! Oui, tu accueilles nos prières, tu secondes nos désirs. Je vois Hippolyte ; il s'approche avec respect de ton autel sacré ; il est seul ! Pourquoi balancer ? Le temps, le lieu sont favorables ; usons d'adresse. Eh quoi ! je tremble ! Qu'on a de peine à se rendre coupable pour un autre ! mais quand on s'est mis dans la dépendance des rois, on doit renoncer à toute justice, bannir de son cœur tout

---

67 La vierge auguste. Diane, déesse de la chasse, qui, comme Athéna, était vierge.

68 Hécate. Déesse grecque ancienne et quelque peu mystérieuse. On la confondait souvent avec Artémis (Diane), dont les fonctions recouvrent plus ou moins les siennes. Mais en général, en Grèce, elle était associée avec le monde des ombres, assistante de Perséphone (Proserpine), reine des Enfers, et donc, d'une certaine façon, elle régnait elle-même sur l'âme des morts. On l'associait à la sorcellerie et à la magie noire, et elle invoquée, entre autres sorcières de la mythologie, par Médée. Dans la statuaire, elle était souvent représentée sous forme triple, d'où l'appellation « Triple Hécate ».

69 Thessalie. Région septentrionale de la Grèce, elle est le pays par excellence des sorcières dans les littératures grecque et latine.

sentiment honnête. Qui craint de rougir les sert mal.

Scène 2

Hyppolyte, la Nourrice

HIPPOLYTE

Dans quel, dessein portes-tu ici tes pas appesantis par l'âge, ô nourrice fidèle ? Pourquoi ces regards tristes et ce visage abattu ? Nous n'avons rien à craindre pour mon père, pour Phèdre, ni pour les deux gages de son hymen[70].

LA NOURRICE

Ne crains rien. L'État est prospère. Mais toi, sache jouir du sort heureux qui s'offre à toi. C'est avec chagrin que je te vois t'imposer une existence si pénible. Quand on souffre par nécessité, on n'est pas digne de blâme. Mais aller au-devant de la peine, devenir son propre bourreau, c'est mériter de perdre des biens dont on ne sait pas faire usage. Songe à ton âge ; ouvre ton âme au plaisir. Marchez à la clarté d'un flambeau pendant ces nuits consacrées à la joie ; que Bacchus[71] dissipe tes ennuis ; jouis de la jeunesse, douces années qui passent trop vite. Le cœur est tendre alors ; c'est le temps de l'amour. Que tes sens se réveillent. Pourquoi ces nuits solitaires ? L'austérité sied mal aux jeunes gens. Hâte-toi, et livre-toi sans réserve aux jouissances. Un dieu a tracé les goûts et les devoirs de chaque âge ; il a mis la gaieté sur le front du jeune homme, l'austérité sur celui du vieillard. Pourquoi te contraindre, et étouffer des penchants de nature ? La

---

70 Les deux gages de son hymen. Phèdre a eu deux enfants de Thésée.

71 Bacchus. Autre nom, probablement d'origine lydienne, du dieu grec Dionysos, et son nom habituel latin.

moisson qui doit combler le vœu du laboureur est celle qui montra d'abord un luxe de végétation. L'arbre livré à lui-même, et dont le fer jaloux n'a pas arrêté l'essor, élèvera un jour au-dessus de la forêt sa cime orgueilleuse. L'âme est plus portée aux belles choses quand elle a commencé par se nourrir du suc de la liberté.

Toujours farouche et sauvage, ignorant les douceurs de la vie, rebelle à Vénus, tu passes tes plus beaux jours dans la tristesse ; et l'homme n'est né, suivant toi, que pour endurer les fatigues, dompter et lancer des coursiers, affronter les hasards de la guerre. Le père de la nature, effrayé des ravages affreux de la mort, a donné au genre humain le moyen de réparer ses pertes. Bannissez Vénus de la société des mortels, bientôt elle va se trouver épuisée ; le monde va devenir une triste et affreuse solitude, la mer ne sera plus sillonnée par les vaisseaux ; adieu les peuplades de l'air ; adieu les hôtes des bois. Le vent seul régnera sur le vide immense.

Combien de genres de mort attaquent et moissonnent la race humaine ! Les flots, le fer, le poison ! Mais, sans parler de ces accidents, une force irrésistible nous entraîne aux sombres bords. Que toute la jeunesse se voue au stérile célibat, toute la race humaine, restreinte à la durée d'une génération, va s'anéantir pour jamais. Change donc de manière de vivre, et, docile à la voix de la nature, demeure à la ville, et recherche la société de tes semblables.

HIPPOLYTE

Il n'y a point d'existence plus libre, plus innocente, plus conforme à celle des premiers hommes, que de vivre loin des villes, au milieu des forêts. L'homme vertueux qui ne se plaît qu'au milieu des montagnes ne connaît pas la soif ardente des richesses, la faveur du peuple, les caprices du vulgaire toujours injuste envers la vertu, ni le poison de l'envie, ni les chimères de l'ambition. Il n'est ni l'esclave ni le rival des rois, il ne court point après de vains honneurs et une puissance passagère ; aussi n'est-il agité ni par l'espoir, ni par la crainte. Il n'a pas à redouter les morsures envenimées de l'envie. Les crimes, qui naissent au sein des cités populeuses, n'approchent pas de sa demeure ; exempt de remords, il ne s'alarme pas au moindre bruit ; il ne se sert point de paroles trompeuses. Il n'a point de palais soutenu sur d'innombrables colonnes ; chez lui l'or ne brille pas sur des lambris fastueux. On ne le voit pas inonder de sang les autels des dieux, ni, répandant l'orge sacrée sur le front des victimes, présenter cent taureaux blancs aux couteaux des sacrificateurs.

Mais il erre en paix dans de vastes plaines, sous un ciel libre et pur. Il ne sait tendre des pièges qu'aux habitants des bois, et, après un exercice pénible, il rafraîchit son corps fatigué dans les eaux argentées de l'Ilissus. Tantôt il suit les rives du rapide Alphée[72], tantôt il parcourt les forêts élevées et touffues où la froide Lerne[73] épanche ses eaux pures comme le cristal. Il change de retraite à son gré. Il entend gazouiller les oiseaux, frémir le feuillage, murmurer les hêtres antiques agités par les vents. Il aime à suivre les détours d'une eau qui serpente, à goûter un doux sommeil sur un simple lit de verdure, soit au bord d'une fontaine qui verse une onde abondante et rapide, soit près d'un ruisseau qui rase en murmurant ses bords émaillés de fleurs. Les fruits sauvages, tombés des arbres qu'il ébranle, apaisent sa faim ; les fraises, cueillies parmi les buissons, lui offrent une nourriture facile. Ah ! que je hais le luxe des rois ! Ils ne boivent qu'en tremblant dans leurs coupes d'or, ces mortels superbes. Ne vaut-il pas mieux puiser une eau pure avec sa main dans le cristal des fontaines ? On goûte avec plus de sécurité les douceurs du sommeil sur un lit grossier. Bien différent du pervers qui, caché dans sa retraite, médite, comme au fond d'un antre, ses sinistres projets ; qui s'enferme, se craignant lui-même dans une impénétrable demeure ; l'homme innocent recherche la clarté du jour, et vit à la face du ciel.

Telle était sans doute la vie de ces héros des premiers âges, formés du sang des dieux. Alors l'aveugle cupidité était inconnue ; nulle pierre sacrée ne divisait les champs et ne servait de limite entre les peuples. Les vaisseaux hardis n'avaient pas encore affronté les mers

---

72 Alphée. Un des plus grands fleuves de la Grèce, qui prend sa source en Arcadie (centre du Péloponnèse) et qui va se jeter dans la mer Ionienne.

73 Lerne. Nom d'une zone côtière dans le Nord-Est du Péloponnèse, connue pour ses nombreuses sources formant un marécage.

lointaines ; on ne côtoyait que les rivages voisins. L'enceinte des villes n'était pas défendue par de vastes remparts et des tours nombreuses. Le soldat n'armait pas sa main d'un fer meurtrier, et des rochers énormes lancés par la baliste ne brisaient pas encore les portes des cités. Des bœufs attelés au joug ne forçaient pas une terre esclave à répondre aux vœux d'un maître exigeant ; féconde par elle-même, elle nourrissait les hommes, qui ne lui demandaient rien. Les bois leur offraient des aliments tout préparés, et des antres obscurs, des demeures toutes faites.

Mais cette douce paix s'enfuit devant l'intérêt barbare, la colère impétueuse, et l'ambition qui trouble et embrase les cœurs. Bientôt naquit la soif cruelle du pouvoir. Le faible devint la proie du plus fort : la violence fit le droit. D'abord les mortels n'eurent d'autres armes que leurs mains ; puis ils se servirent de pierres et de branches non façonnées. Ils n'armaient pas d'une pointe de fer une flèche de cornouiller ; ils ne suspendaient point une longue épée à leurs flancs, ne couvraient point leurs têtes d'un casque ombragé d'aigrettes flottantes. Le bras irrité se faisait arme de tout.

Bientôt le dieu des combats leur enseigna son art cruel, et mille moyens de se détruire. La terre se souilla de carnage, la mer se rougit de sang. Alors ce fut un débordement. Plus de famille exempte de crime ; plus de forfait qui n'eût son type. Le frère est égorgé par le frère, le père par son fils, le mari par sa femme. Des mères dénaturées poignardèrent leurs enfants. Je ne parle pas des marâtres : auprès de leurs fureurs les monstres des bois sont doux. Les femmes sont la source de tous les maux ; ce sont elles qui trament les forfaits, et y poussent les âmes ; elles dont les amours incestueux ont livré tant de villes aux flammes, excité la guerre entre tant de nations, et enseveli tant de peuples sous les débris de leurs cités. Pour n'en citer qu'une seule, l'épouse d'Égée, Médée suffit pour rendre tout son sexe odieux[74].

---

74 L'épouse d'Égée, Médée. Après avoir tué ses enfants qu'elle avait eus Jason, Médée trouva refuge auprès d'Égée à Athènes et l'épousa. Lorsque Thésée revint à Athènes Médée tenta, sans succès, de le faire mourir.

LA NOURRICE

Pourquoi du crime d'une femme faire une accusation contre tout son sexe ?

HIPPOLYTE

Je les hais, je les abhorre toutes ; je les fuis, je les exècre. Soit raison, instinct ou fureur, je me complais dans mon aversion. Et l'on verra l'eau mêlée avec la flamme, les vaisseaux en sûreté au milieu des Syrtes mouvantes[75], le soleil sortant de la mer d'Hespérie, le loup lécher le daim d'une langue caressante, avant qu'on puisse fléchir la haine que je porte aux femmes.

LA NOURRICE

Souvent l'amour a triomphé des cœurs les plus rebelles, et pris la place de la haine. Témoin l'empire de ta mère. Ces guerrières farouches subissent pourtant le joug de Vénus. Tu en es la preuve vivante, toi, le seul de ton sexe qu'elles aient élevé.

HIPPOLYTE

Ce qui me console de la perte de ma mère, c'est que je puis maintenant haïr toutes les femmes.

LA NOURRICE

Semblable au roc qui, battu par les flots, résiste à leurs efforts et les repousse au loin sans en être ébranlé, l'insensible méprise mes discours. Mais Phèdre impatiente s'avance à pas précipités. Que va-t-il arriver ? Où va l'emporter son délire ? Mais la force l'abandonne, elle tombe évanouie ; la pâleur de la mort couvre son visage. Ouvrez les yeux, ô vous que j'ai nourrie ! reprenez l'usage de la voix. C'est votre cher Hippolyte lui-même qui vous soutient entre ses bras.

---

75 Syrtes. Deux golfes d'Afrique du nord, entre Cyrènes et Carthage, portaient le nom de Syrtes.

Scène 3

Phèdre, Hippolyte, la Nourrice, Suite d'Hippolyte

PHÈDRE

Qui me rappelle à la vie ou plutôt à mes douleurs ? Pourquoi rouvrir mon âme aux angoisses qui la déchirent ? J'étais heureuse d'avoir perdu le sentiment. (*Elle reconnaît Hippolyte.*) (*Bas.*) Mais pourquoi refuser la douce lumière qui m'est rendue ? Allons, courage ! Plaidons nous-mêmes notre cause avec assurance. Une prière timide appelle un refus. J'ai déjà consommé en grande partie mon crime ; il n'est plus temps de rougir. Mon amour est criminel ; mais s'il est partagé, un nœud légitime peut couvrir ma faute. Il est des attentats que le succès justifie. Il faut rompre le silence. Je voudrais te parler quelques instants sans témoins ; fais, je te prie, éloigner ta suite.

HIPPOLYTE

Parle, nous sommes seuls.

PHÈDRE

Je le voudrais, mais la voix expire sur mes lèvres. Un puissant intérêt me force à parler, un plus puissant me retient. Dieux, je vous prends à témoin que ce que je demande, je l'ai en horreur.

HIPPOLYTE

Se peut-il que la langue se refuse à exprimer ce que nous voulons dire ?

PHÈDRE

Les peines légères sont éloquentes, les grandes douleurs sont muettes.

HIPPOLYTE

Ô ma mère, confie-moi tes chagrins.

PHÈDRE

Ce titre de mère est trop sérieux, trop imposant ; un nom plus modeste conviendrait mieux à ce que j'éprouve. Hippolyte, appelle-moi ta sœur ou ton esclave ; oui, ton esclave, car je recevrais tes ordres avec joie. Commande, et je cours à travers la neige épaisse, je franchis les sommets glacés du Pinde[76]. Je braverais pour toi le fer et la flamme, et je présenterais mon sein aux épées menaçantes. Reçois ce sceptre qui m'a été confié ; compte-moi au nombre de tes sujets. C'est à toi de commander, à moi d'obéir. Gouverner un État est un soin trop pesant pour une femme ; c'est à toi, qui es dans la force de la jeunesse, de diriger d'une main ferme le royaume paternel. Je ne te demande que de protéger une suppliante, une infortunée qui se jette entre tes bras, et qui n'a plus d'époux.

HIPPOLYTE

Puisse le souverain des dieux éloigner ce présage ! mon père sera bientôt de retour.

PHÈDRE

Le roi du sombre empire, l'avare Pluton ne lâche point sa proie, et c'est sans retour que l'on franchit le Styx. Et tu penses qu'il laisserait échapper le ravisseur de son épouse ? Pluton, indulgent à ce point pour les fautes que l'amour fait commettre !

HIPPOLYTE

Les divinités propices du ciel le rendront à notre amour : mais, en attendant que nos vœux soient accomplis, j'aurai pour tes fils la tendresse que je dois à mes frères ; mes soins te convaincront que tu n'es pas veuve ; enfin, je tiendrai auprès de toi la place de mon père.

PHÈDRE

______

76 Pinde. Massif montagneux de l'Épire, dans le Nord de la Grèce et le Sud-Est de l'Albanie.

Ô crédules amants ! ô trompeur amour, en a-t-il dit assez ? L'ai-je bien entendu ? achevons de le toucher par mes prières. Aie pitié de mon embarras ; comprends mes vœux secrets, mon silence. Je veux parler, et je n'ose.

HIPPOLYTE

Quel mal étrange t'agite ?

PHÈDRE

Un mal que les marâtres ne connaissent guère.

HIPPOLYTE

Le sens de ces mots m'échappe. Parle plus clairement.

PHÈDRE

Le feu dévorant de l'amour bouillonne dans mon sein ; mon coeur est en proie à toute la violence de l'amour. Cette ardeur cruelle a pénétré jusqu'au fond de mon sein ; elle consume mes entrailles, elle pénètre dans mes veines, comme la flamme rapide se répand dans un édifice et en dévore toutes les parties.

HIPPOLYTE

C'est l'effet du chaste amour dont tu brûles pour Thésée.

PHÈDRE

Oui, Hippolyte, je brûle pour Thésée ; j'aime sa beauté, cette beauté dont brillait sa première jeunesse, lorsqu'un léger duvet couvrait à peine ses joues ; lorsqu'il osa porter ses pas dans le labyrinthe du monstre de la Crète, et qu'à l'aide d'un fil il en sortit vainqueur. Quelle grâce dans ces cheveux serrés d'une simple bandelette ! un vif incarnat colorait son aimable visage ; son jeune bras annonçait déjà la vigueur d'un héros. Il était semblable à Diane, ta divinité, à Phébus, mon aïeul, ou plutôt à toi-même. Oui, tel il parut, lorsqu'il sut plaire même à son ennemi. Il avait ton noble maintien ; mais ce costume plus simple relève encore ta beauté. À tout ce qui charmait dans ton père, tu joins les grâces un peu sauvages de ta mère ; c'est la beauté du jeune Grec relevée par la fierté un peu farouche d'une Amazone. Ah ! si tu avais suivi ton père sur les mers de la Crète, c'est à toi que ma sœur[77] eût remis le fil sauveur. Ô ma sœur, en quelque partie du ciel que tu brilles, favorise une ardeur semblable à la tienne. Nous avons trouvé notre vainqueur dans la même famille. Le fils m'inspire l'amour que tu ressentis pour le père. (À *Hippolyte.*) Tu vois à tes pieds la fille d'un roi puissant. Jusqu'aujourd'hui innocente et pure, c'est pour toi seul que je trahis mes devoirs. C'en est fait, ma résolution est prise, tu as entendu ma prière. Ce jour terminera ou ma peine ou ma vie. Oh ! prends pitié d'une infortunée qui t'aime.

HIPPOLYTE

Ô puissant roi des dieux, tu peux entendre et voir sans horreur de pareils forfaits ? Pour qui donc réserves-tu tes foudres, s'ils reposent aujourd'hui ? Tonne de toutes les parties du ciel ; que de sombres nuages nous dérobent le jour ; que les astres reculent d'épouvante. Et toi, astre éclatant de la lumière, seras-tu le témoin des crimes de ta famille ? Cache-nous ton flambeau, et plonge-toi dans les ténèbres. Eh quoi ! souverain des dieux et des hommes, ta main reste oisive ; la foudre n'a pas sillonné les airs ? Fais tomber sur moi ton tonnerre ; que je sois percé, consumé par tes traits rapides. Je suis coupable, j'ai mérité la mort. J'ai inspiré de l'amour à la femme de mon père ; elle m'a cru capable de partager sa flamme impure.

Quoi ! c'est moi que tu t'étais flattée de séduire ? Est-ce mon aversion pour ton sexe qui m'a valu cette préférence ? Ô la plus criminelle de toutes les femmes, ta perversité surpasse celle de ta mère, et ton crime est plus grand que le sien. Elle a donné la vie à un monstre, elle s'est souillée par un adultère ; mais sa faute, longtemps ignorée, ne fut découverte que lorsqu'elle eut mis au monde le fruit monstrueux de ses amours. La naissance de ce fils mugissant révéla seule les égarements de sa mère. Ah ! voilà bien le sein qui devait porter une telle fille ! Ô mille fois heureux ceux qui ont péri victimes

---

77 Ma sœur. Ariane.

de la haine ou de la perfidie ! Ô mon père, j'envie ton sort. Ta marâtre de Colchide[78] fut moins barbare que la mienne : elle n'en voulait qu'à tes jours.

PHÈDRE

Je sais la fatalité attachée à notre race aimer : ce que nous devrions fuir. Mais je ne suis plus maîtresse de moi. Je te suivrai partout, à travers les flammes, la mer furieuse, les rochers et les torrents impétueux. C'en est fait, je m'attache à tes pas. Homme superbe, je tombe encore à tes pieds.

HIPPOLYTE

Arrête ! garde-toi de porter sur moi tes mains impures. Mais que vois-je ? elle veut me saisir dans ses bras. Tirons mon épée ; punissons, comme elle le mérite, cette femme audacieuse. C'en est fait, ma main gauche a saisi ses cheveux, et renversé sa tête en arrière. Ô chaste Diane, jamais sang ne fut plus justement répandu sur tes autels.

PHÈDRE

Hippolyte, tu combles tous mes voeux, tu calmes ma fureur. Mourir de ta main, sans avoir trahi mes devoirs, c'est plus que je n'osais espérer.

HIPPOLYTE

Non, retire-toi, vis. Tu n'obtiendras rien de moi. Et ce fer même que tu as touché me souillerait si je le portais encore. Que ne puis-je me plonger dans les eaux du Tanaïs[79] ou dans celles du Méotide qui

---

78 Colchide. Pays situé à l'extrémité orientale de la mer Noire, bordé par le Caucase, et que les légendes grecques désignent comme le pays de Médée, qui est ici désignée comme la « marâtre » de Colchide. La Colchide correspond grosso modo à l'actuelle Géorgie.

79 Tanaïs. Aujourd'hui le Don, un des principaux fleuves de Russie. Il prend sa source au sud de Moscou et parcourt un peu moins de 2 000 km avant de se jeter dans la Mer d'Azov.

se décharge dans la mer de Bithynie[80] ! l'Océan tout entier ne pourrait effacer une telle souillure. Ô forêts, ô monstres des bois !

LA NOURRICE

Il est maître du fatal secret, et je reste interdite et confuse. Il t'accuserait ; prévenons-le, en l'accusant lui-même d'un amour incestueux. Voilons un crime par un autre crime. Le plus sûr pour celui qui craint, c'est de porter les premiers coups. Le crime n'a pas eu de témoin : on ignore si nous en sommes les auteurs ou les victimes.

Au secours, Athéniens ! accourez, serviteurs fidèles. Hippolyte emploie la violence pour assouvir une passion criminelle ; il presse la reine de se rendre à ses désirs criminels ; et, pour vaincre sa vertueuse résistance, le fer à la main, il menace de la tuer. Le voilà qui s'échappe ; mais dans sa fuite précipitée il a laissé son épée. Je garde cette preuve certaine de ses violences. Calmez d'abord le trouble de la reine. Mais ne relevez point ses cheveux en désordre ; qu'ils restent comme la preuve d'un si grand attentat. Qu'on la transporte à la ville.

Et toi, ô ma chère maîtresse, reprends tes sens. Pourquoi, te déchirant le sein, fuis-tu les regards ? C'est la volonté, et non une violence inévitable, qui rend une femme criminelle.

LE CHŒUR

Il a fui comme l'orage impétueux, plus rapide que le Corus[81] qui assemble les nuages, plus rapide que ces étoiles qui, poussées par le vent, traversent les airs, laissant derrière elles un long sillon de lumière. Que la renommée, admiratrice des vieux âges, compare avec toi, Hippolyte, ce que l'antiquité eut jamais de plus rare : ta beauté brille comme celle de Phébé[82] dans le ciel, lorsque ayant arrondi son disque, elle paraît dans tout son éclat, et que du haut de son char

---

80 Mer de Bithynie. La mer Noire ; la Bithynie est la région qui en borde les rives méridionales.

81 Corus. Vent du Nord-Ouest.

82 Phébé. « La brillante » ; nom fréquemment attribué à Séléné (la Lune).

rapide elle répand sa vive clarté, et fait pâlir les étoiles devant elle. Tu ressembles à cet astre, avant-coureur de la nuit, qui tantôt, sortant du sein des flots sous le nom d'Hespérus[83], amène les ténèbres sur la terre, et tantôt, sous le nom de Lucifer[84], annonce le lever de l'Aurore. Et toi, Liber[85], vainqueur de l'Inde, dieu du thyrse, toi qui, armé d'une lance entourée de pampre, domptes les tigres féroces, malgré ta jeunesse et ta chevelure flottante que le fer ne trancha jamais, malgré cette mitre qui ceint ton front radieux, Hippolyte, avec ses cheveux négligés, ne te le cède en rien.

Ne lève pas si haut la tête. La renommée a fait connaître au monde entier le héros que la sœur de Phèdre eût préféré à Bacchus. Beauté, présent souvent funeste, tu ne brilles qu'un instant, et tu t'évanouis pour toujours. Moins rapidement disparaissent au hâle brûlant de l'été les fleurs dont le printemps émaille les prairies, quand le soleil du solstice, lançant tous ses feux et abrégeant les fraîches nuits, sèche le lis sur sa tige languissante, et flétrit la rose, ornement de nos banquets.

Qu'il s'efface promptement ce vif éclat qui colore les joues ! Il n'est pas de jour qui n'enlève un charme à la beauté. Ô présent éphémère ! le sage peut-il compter sur un avantage si peu solide ? Jouis-en du moins tant que tu le peux. Le temps te mine en silence, et chaque heure en fuyant nous enlève quelque chose. À quoi bon se cacher dans les déserts ? Au fond des lieux les plus sauvages, la beauté n'est pas plus en sûreté. Dans les bois solitaires, quand le soleil est au milieu de sa course, crains les attaques des naïades[86] amoureuses, qui se plaisent à retenir au fond de leurs fontaines les

---

83 Hespérus. Fils d'Aurore et d'Atlas changé en une étoile. Étoile du soir.

84 Lucifer. « Porteur de lumière ». À l'origine, c'est l'un des noms que les Latins donnaient à l'« étoile du matin », autrement dit la planète Vénus (qui était appelée Vesper quand elle devenait « étoile du soir »).

85 Liber. Dieu italien de la Fertilité, couramment assimilé au dieu grec Dionysos/Bacchus qui partit conquérir l'Inde. Dionysos/Bacchus est souvent représenté avec son thyrse, grand bâton évoquant un sceptre, probablement en bois de cornouiller, il est orné de feuilles de lierre et surmonté d'une pomme de pin.

86 Naïades. Nymphes aquatiques vivant dans les eaux douces.

plus beaux jeunes gens. Les lascives Dryades[87], poursuivant les Pans[88] errants dans les les montagnes, te surprendront pendant ton sommeil ; ou bien la lune, cet astre dont le peuple d'Arcadie[89] a devancé l'existence, te contemplant du haut des cieux, n'aura plus la force de conduire son char argenté. Dernièrement elle devint rouge, sans que son disque fût obscurci par aucun nuage.

Inquiets de la voir changer de couleur, persuadés que les enchantements de quelque Thessalienne[90] la forçaient à quitter le ciel et à descendre sur la terre, nous fîmes retentir les airs du son de l'airain. Toi seul as causé son trouble et ralenti sa marche. Tandis qu'elle te contemplait, la déesse des nuits oubliait de poursuivre sa course. Expose moins souvent ton visage au froid piquant de l'hiver et aux rayons brûlants du soleil, et il sera plus blanc que le marbre de Paros[91]. Que j'aime cet oeil fier et menaçant, et le froncement de ce sourcil sévère !

Ton cou d'albâtre est comparable à celui d'Apollon. Le dieu laisse flotter sa chevelure, qui pare à la fois et couvre ses épaules ; et toi, tu plais avec ces cheveux courts et négligés qui ombragent à peine ton front. Doué d'une haute stature et d'un corps vigoureux, tu disputerais la victoire à ces terribles demi-dieux endurcis aux fatigues et habitués aux combats. Quoique jeune, tu as déjà les muscles d'Hercule, et la poitrine plus large que celle du dieu de la guerre. Monté sur un coursier, tu conduirais avec plus de dextérité que Castor lui-même le noble Cyllare[92], que Sparte a vu naître. Saisis

---

87 Dryades. Nymphes liées aux chênes en particulier, et aux arbres en général.

88 Pans. Il s'agit ici des faunes et des sylvains, divinités rustiques, habitant les forêts et les contrées sauvages.

89 Arcadie. Région du centre du Péloponnèse, très montagneuse, la seule de Grèce qui n'ait pas d'ouverture sur la mer. Ses habitants se considéraient comme le peuple grec le plus ancien.

90 Thessalienne. Sorcière (la Thessalie située en Grèce continentale, est la région par excellence des sorcières).

91 Paros. Île de la mer Égée dans l'archipel des Cyclades, célèbre avant tout pour la beauté de son marbre, le plus fréquemment employé par les sculpteurs depuis le début du VIe siècle av. J.-C.

92 Cyllare. Nom du cheval immortel de Castor.

entre tes doigts la corde d'un arc, lance un javelot de toute la vigueur de ton bras : il volera plus loin que la flèche légère du Crétois le plus exercé. Lance, comme le Parthe[93], tes traits vers le ciel : aucun d'eux ne retombera sans avoir percé l'oiseau rapide, sans être rougi de son sang. Ils vont chercher ta proie même au sein de la nue. Mais, hélas ! le passé l'atteste, la beauté fut toujours fatale aux héros. Puisse un dieu t'affranchir de cette loi générale ! puisse ta beauté se cacher un jour sous les traits décrépits de la vieillesse !

À quels excès ne se porte point la passion effrénée d'une femme ? Elle s'apprête à charger d'imputations odieuses un jeune homme vertueux. Ô crime ! ô perfidie ! Elle montre pour preuve ses cheveux en désordre ; elle se meurtrit le visage, verse des larmes, et emploie pour réussir toute la ruse dont une femme est capable.

Mais qui s'avance de ce côté ? Quel est cet homme dont l'air est majestueux, et dont la mine est si haute ? Je crois reconnaître le compagnon de Pirithoüs. Mais son visage est pâle ; ses cheveux sont en désordre et hérissés. Non, je ne me trompe pas, c'est Thésée enfin rendu à la terre.

---

93 Parthe. Peuple d'origine iranienne, maître d'un empire qui s'étendait de l'Euphrate à l'Indus.

Acte III

Scène 1

Thésée, la Nourrice

THÉSÉE

Enfin me voici échappé du séjour de la nuit éternelle et des vastes prisons des mânes[94] ! Que mes yeux ont de peine à supporter cette lumière tant désirée ! Déjà quatre fois Éleusis a recueilli les dons de Triptolème[95], quatre fois la Balance céleste a égalé les nuits aux jours[96], depuis qu'en proie à une incertitude cruelle, je languis entre la vie et la mort. Il ne me restait de la vie que le sentiment de mes maux. Enfin, Alcide[97] m'a délivré. Arrachant au Tartare[98] son

---

94 Mânes. Dans la pensée romaine, les mânes sont les esprits des morts.

95 Triptolème. Dans la mythologie grecque, jeune homme choisi par Déméter (Cérès) pour parcourir le monde afin d'enseigner l'agriculture aux hommes.

96 La Balance céleste. La Balance est une constellation du zodiaque traversée par le Soleil du 31 octobre au 22 novembre.

97 Alcide. « Le descendant d'Alcée », c'est-à-dire Héraclès (Hercule), dont le père humain, Amphitryon, était le fils d'Alcée.

98 Tartare. Lieu souterrain, fond des Enfers, où séjournaient les ombres devant

redoutable gardien[99], il m'a ramené avec lui sur la terre. Mais la même énergie ne soutient plus mon courage ; mes genoux fléchissent. Dieux ! qu'il m'a fallu d'efforts pour remonter des gouffres du Phlégéton[100] au séjour de la lumière, pour échapper à la mort et suivre les pas d'Alcide !

Mais quels cris plaintifs ont frappé mes oreilles ? J'en veux savoir la cause. Je trouve à l'entrée même de mon palais le deuil, les larmes, la douleur ; accueil digne en effet de celui qui fut si longtemps l'hôte des Enfers.

LA NOURRICE

Ô Thésée, Phèdre a résolu de se donner la mort. Insensible à mes pleurs, elle veut trancher ses jours.

THÉSÉE

Quelle raison a-t-elle de désirer la mort, quand son époux est de retour ?

LA NOURRICE

C'est ce retour même qui précipite sa mort.

THÉSÉE

Ce discours obscur cache quelque grand mystère. Parle sans détour. Quel chagrin peut la porter à cet excès de désespoir ?

LA NOURRICE

Elle ne le confie à personne ; elle renferme son ennui au fond de son cœur, et veut emporter au tombeau le mal qui la tue. Hâte-toi, je t'en conjure : les moments sont précieux.

---

expier leurs crimes terrestres et en particulier (dans l'Iliade) ceux qui, tels Ixion ou Tantale, s'étaient attaqués aux dieux.

99 Son redoutable gardien. Cerbère. Allusion ici à l'un des douze travaux d'Héraclès (Hercule) qui avait dû descendre aux Enfers pour en ramener le chien monstrueux qui en garde l'entrée.

100 Phlégéton. « Le flamboyant », l'une des rivières des Enfers.

THÉSÉE

Qu'on m'ouvre à l'instant la porte du palais.

Scène 2

Thésée, Phèdre, la Nourrice, Suite, Personnage muet

THÉSÉE

Compagne de Thésée, est-ce ainsi que tu reçois un époux dont tu désirais le retour ? Laisse là cette épée. Ouvre-moi ton cœur, et dis-moi pour quel motif tu veux quitter la vie.

PHÈDRE

Ah ! je t'en conjure par ton sceptre d'Athènes, magnanime Thésée, par les gages de notre hymen, par ton retour, et par mes cendres que la tombe va renfermer, laisse-moi mourir.

THÉSÉE

Quel motif t'y oblige ?

PHÈDRE

Te le dire, c'est perdre tout le fruit de ma mort.

THÉSÉE

Nul que moi ne saura ton secret.

PHÈDRE

Il en est qu'une femme chaste doit taire, surtout à son mari.

THÉSÉE

Parle, et sois sûre de ma discrétion.

PHÈDRE

Garder son secret est le plus sûr moyen d'empêcher qu'il ne soit trahi.

THÉSÉE

Mais je t'empêcherai de te donner la mort.

PHÈDRE

Quand on veut mourir, on en trouve toujours les moyens.

THÉSÉE

Quelle faute veux-tu donc effacer par ta mort ?

PHÈDRE

Mon crime est de vivre encore.

THÉSÉE

Quoi ! mes larmes ne sauraient te toucher ?

PHÈDRE

C'est une consolation d'emporter les regrets des siens.

THÉSÉE (*À part.*)

Elle s'obstine à se taire ; mais ce qu'elle refuse de me dire, je saurai bien contraindre sa nourrice à l'avouer. Qu'on enchaîne cette femme, et que les tortures lui arrachent ce fatal secret.

PHÈDRE

Arrête ! Je vais moi-même te l'apprendre.

THÉSÉE

Pourquoi détourner tes regards confus, et cacher avec ce voile les larmes qui tombent de tes yeux ?

PHÈDRE

Ô père des immortels, et toi, brillant flambeau du monde, noble auteur de notre race, je vous prends à témoin que j'ai résisté aux prières, que le fer et les menaces n'ont pu m'intimider. Mais la force a triomphé de ma résistance. Mon sang du moins effacera mon déshonneur.

THÉSÉE

Parle, nomme-moi le coupable.

PHÈDRE

Celui que tu soupçonnerais le moins.

THÉSÉE

Son nom, te dis-je ? je brûle de le savoir.

PHÈDRE

Tu l'apprendras par cette épée, que le ravisseur, au bruit de ceux qui accouraient à mon secours, a laissée près de moi.

THÉSÉE

Dieux ! que vois-je ? quel crime abominable ! Oui, voilà cette épée dont la garde d'ivoire est ornée de l'emblème glorieux de la maison royale d'Athènes. Mais qu'est devenu le coupable ?

PHÈDRE

Ces fidèles serviteurs l'ont vu se hâter de fuir et courir à pas précipités.

THÉSÉE

Ô piété filiale ; ô souverain de l'Olympe ; et toi, roi des flots, maître du second empire du monde[101], qui peut avoir fait naître dans ma famille ce monstre exécrable ? Est-ce la Grèce qui l'a nourri, ou le Taurus parmi les Scythes, ou la Colchide sur les bords du Phase[102] ? On se ressent toujours de son origine ; un sang vil trahit toujours la source d'où il est sorti. Je reconnais dans le misérable le caprice bizarre de ces guerrières qui fuient l'hymen légitime, et, après une longue chasteté, se livrent à des inconnus. Rejeton impur, transplanté dans de plus doux climats, tu te montres fidèle à ta souche. Les bêtes elles-mêmes n'ont point de ces penchants criminels, et, sans les connaître, respectent par instinct les lois du sang. Voilà donc cet homme dont l'air est si grave et si digne, dont l'extérieur négligé rappelait la simplicité des premiers âges, et qui affectait l'austère maintien de la vieillesse ! Ô trompeuse humanité, qui, loin de manifester au-dehors les sentiments de l'âme, pares le vice de tous les charmes de la beauté !

La pudeur sert de masque à la débauche, la modération à l'audace, la piété au crime ; le fourbe se cache sous les traits de la franchise, la mollesse sous ceux de l'austérité. Farouche habitant des bois, chaste et modeste Hippolyte, c'est pour moi que tu te réservais ! c'est en souillant par l'inceste le lit de ton père, que ta virilité se signale ? Oui, je rends grâces au souverain des dieux de ce qu'Antiope a péri sous mes coups, et de ce qu'en descendant aux enfers je n'ai pas laissé ta mère exposée à ta brutalité. Va, fuis dans des climats inconnus.

Mais quand tu fuirais aux confins du monde et sur les bords les plus lointains de l'Océan[103], chez les habitants de l'autre hémisphère ; quand tu te cacherais dans quelque asile impénétrable, au-delà du pôle hérissé de glaçons ; quand tu laisserais derrière toi l'empire de l'hiver et ses neiges éternelles, les froids et impétueux aquilons, ton crime ne restera pas impuni. Ma vengeance opiniâtre te poursuivra

---

101 Roi des flots… Poséidon (Neptune).

102 Phase. Fleuve de l'antique Colchide.

103 Océan. Pour les Anciens, il est le large fleuve ceinturant la plaine de la Terre. Tout ce qui dans le monde est étrange et fabuleux est placé près du « fleuve Océan ».

partout, dans les retraites les plus éloignées, les mieux défendues, dans les lieux les plus cachés, les plus inaccessibles : nul obstacle ne pourra m'arrêter. Tu sais d'où je reviens. Où mes traits ne pourront t'atteindre, mes imprécations te suivront. Le souverain des mers a juré, par l'onde inviolable du Styx[104], d'exaucer mes trois vœux : eh bien ! ô Neptune, j'implore aujourd'hui de toi cette triste faveur. Que ce jour soit le dernier d'Hippolyte : envoie le fils coupable chez les mânes que son père a bravés. Ô mon père, rends à ton fils ce service affreux !

L'excès de mon malheur m'oblige seul à t'implorer pour la dernière fois ; je ne t'ai point invoqué dans les abîmes du Tartare, quand Pluton furieux me menaçait incessamment de sa vengeance : c'est aujourd'hui que je réclame l'accomplissement de tes promesses. Qui t'arrête ? Quoi ! les flots sont encore immobiles ? Parle, ordonne, et qu'à ta voix les vents assemblent de sombres nuages ; qu'une épaisse nuit dérobe à nos yeux les astres et le ciel ; que la mer, sortant de son lit, vomisse les monstres qu'elle renferme ; répands sur nos bords les flots de l'Océan lui-même.

Scène 3

Le Chœur

LE CHŒUR

Ô Nature, puissante mère des dieux ; et toi, roi de l'Olympe étoilé, toi qui presses la marche des astres épars dans les cieux, et qui règles leur course dans l'espace, toi qui imprimes aux pôles leur mouvement rapide, pourquoi tracer avec tant de soin leur route au

---

104 Tout serment prêté par Styx avait été rendu inviolable par les dieux ; même eux ne pouvaient s'y dérober.

travers de l'espace ? De là cette constante succession de l'hiver qui dépouille nos forêts, du printemps qui revêt de feuilles les arbrisseaux, des ardeurs du Lion dont les feux mûrissent les dons de Cérès[105], et des chaleurs modérées de l'automne. Ô toi qui présides à ces grands mouvements, et qui soutiens, diriges les masses suspendues dans l'espace, pourquoi, peu soucieux des choses d'ici-bas, ne songes-tu point à protéger les bons et à punir les méchants ? Nos destinées sont livrées aux caprices de la Fortune[106]. Cette aveugle déesse, répandant ses faveurs au hasard, les prodigue à ceux qui en sont les moins dignes ; le vice triomphe de la vertu, la perfidie règne dans les cours, le peuple se plaît à décerner les honneurs aux hommes les plus vils, et rampe devant ceux qu'il méprise. La triste vertu ne recueille pour prix que la misère ; l'adultère est triomphant. Ô vaine pudeur ! ô stérile vertu ! Mais que vient nous apprendre le messager qui accourt de ce côté ? son visage, où la douleur est empreinte, est baigné de larmes.

---

105 Les dons de Cérès. Le blé qui mûrit sous le soleil d'été.
106 Fortune. Divinité latine identifiée à la déesse grecque Tychè, et donc ainsi déesse du Hasard ou de la Chance

Acte IV

Scène 1

Thésée, le Messager

LE MESSAGER

Ô triste et pénible condition de la servitude, qui m'oblige à remplir un si triste message !

THÉSÉE

Ne crains pas de m'annoncer les plus terribles malheurs : mon âme est depuis longtemps préparée aux coups de la fortune.

LE MESSAGER

Ma langue se refuse à ce récit déplorable.

THÉSÉE

Parle ; dis-moi quel nouveau malheur afflige ma maison.

LE MESSAGER

Hippolyte, hélas ! une mort cruelle te l'a ravi.

THÉSÉE

Depuis longtemps je n'avais plus de fils. C'est d'un traître que les dieux me délivrent. Je veux savoir les détails de sa mort.

LE MESSAGER

Dès qu'il fut sorti de la ville, comme un fugitif, marchant d'un pas égaré, il attelle à la hâte ses coursiers superbes, et ajuste le mors dans leurs bouches dociles. Il se parlait à lui-même, détestant sa patrie, et répétant souvent le nom de son père. Déjà sa main impatiente agitait les rênes flottantes ; tout à coup nous voyons en pleine mer une vague s'enfler, et s'élever jusqu'aux nues. Aucun souffle cependant n'agitait les flots ; le ciel était calme et serein : la mer paisible enfantait seule cette tempête. Jamais l'Auster[107] n'en suscita d'aussi violente au détroit de Sicile : moins furieux sont les flots soulevés par le Corus dans la mer d'Ionie[108], quand ils battent les rochers gémissants, et couvrent le sommet de Leucate[109] de leur écume blanchissante. Une montagne humide s'élève au-dessus de la mer, et s'élance vers la terre avec le monstre qu'elle porte dans son sein ; car ce fléau terrible ne menace point les vaisseaux, il est destiné à la terre. Le flot s'avance lentement, et l'onde semble gémir sous une masse qui l'accable.

Quelle terre, disions-nous, va tout à coup paraître sous le ciel ? C'est une nouvelle Cyclade. Déjà elle dérobe à nos yeux les rochers

---

107 L'Auster. Dans la mythologie romaine, l'Auster est le dieu des vents du sud, ou plus exactement du midi, vents du sud chauds, épais et humides, annonciateurs d'orages et parfois considérés comme mauvais car censés corrompre l'air à cause de leur humidité.

108 Mer d'Ionie. Mer située au sud de la mer Adriatique, bordée à l'Ouest par la Sicile, au Nord par le sud de l'Italie et à l'est par la Grèce.

109 Leucate. Le promontoire de Leucate, au Sud de l'île de Leucade, une des îles ioniennes.

consacrés au dieu d'Épidaure[110], ceux que le barbare Sciron[111] a rendus si fameux, et cet étroit espace resserré par deux mers[112]. Tandis que nous regardions ce prodige avec effroi, la mer mugit, et les rochers d'alentour lui répondent. Du sommet de cette montagne s'échappait par intervalle l'eau de la mer, qui retombait en rosée mêlée d'écume. Telle, au milieu de l'Océan, la vaste baleine rejette les flots qu'elle a engloutis. Enfin cette masse heurte le rivage, se brise, et vomit un monstre qui surpasse nos craintes. La mer entière s'élance sur le bord, et suit le monstre qu'elle a enfanté. L'épouvante a glacé nos cœurs.

THÉSÉE

De quelle forme était ce monstre énorme ?

LE MESSAGER

Taureau impétueux, son cou est azuré ; une épaisse crinière se dresse sur son front verdoyant ; ses oreilles sont droites et velues ; ses cornes, de diverses couleurs, rappellent les taureaux qui paissent dans nos plaines, et ceux qui composent les troupeaux de Neptune. Ses yeux tantôt jettent des flammes, et tantôt brillent d'un bleu étincelant ; ses muscles se gonflent affreusement sur son cou énorme ; il ouvre en frémissant ses larges naseaux ; une écume épaisse et verdâtre découle de sa poitrine et de son fanon ; une teinte rouge est répandue le long de ses flancs. Enfin, par un assemblage monstrueux, le reste de son corps est écaillé, et se déroule en replis tortueux. Tel est cet habitant des mers lointaines, qui engloutit et

---

110 Épidaure. Cité grecque de l'Argolide, péninsule au nord-ouest du Péloponnèse, Épidaure jouissait d'une grande renommée en raison de son sanctuaire voué à Asclépios (Esculape), le dieu guérisseur.

111 Sciron. Dans la mythologie grecque, ce bandit attaquait les voyageurs sur la route à flanc de falaise qui va d'Athènes à Mégare. Il les obligeait à lui laver les pieds, et en profitait pour les faire basculer d'un coup de pied du haut des falaises, après quoi, selon certains, une gigantesque tortue les mangeait. En route pour Athènes, Thésée le fit tomber par-dessus bord, et ses os devinrent la falaise qui porte son nom.

112 Cet étroit espace… Le détroit de Corinthe.

rejette les vaisseaux.

La terre voit ce monstre avec horreur ; les troupeaux effrayés se dispersent ; le pâtre abandonne ses génisses ; les animaux sauvages quittent leurs retraites, et les chasseurs eux-mêmes sont glacés d'épouvante. Le seul Hippolyte, inaccessible à la peur, arrête ses coursiers d'une main ferme, et, d'une voix qui leur est connue, s'efforce de les rassurer. Une partie de la route d'Argos[113] est percée entre de hautes collines, et voisine du rivage de la mer. C'est là que le monstre s'anime au combat et aiguise sa rage. Dès qu'il a pris courage et médité son attaque, il s'élance par bonds impétueux, et, touchant à peine la terre dans sa course rapide, il se jette au-devant des chevaux effrayés. Ton fils, sans changer de visage, s'apprête à le repousser, et, d'un air menaçant et d'une voix terrible : « Ce monstre, s'écrie-t-il, ne saurait abattre mon courage ; mon père m'a instruit à terrasser les taureaux ». Mais les chevaux, ne connaissant plus le frein, entraînent le char, et, quittant le chemin battu, n'écoutent plus que la frayeur qui les précipite à travers les rochers. Comme un pilote qui, malgré la tempête, dirige son navire et l'empêche de présenter le flanc aux vagues, tel Hippolyte gouverne encore ses chevaux emportés. Tantôt il tire à lui les rênes, tantôt il les frappe à coups redoublés. Mais le monstre, s'attachant à ses pas, bondit tantôt à côté du char, tantôt devant les coursiers, et partout redouble leur terreur.

Enfin, il leur ferme le passage et s'arrête devant eux, leur présentant sa gueule effroyable. Les coursiers épouvantés, et sourds à la voix de leur maître, cherchent à se dégager des traits ; ils se cabrent, et renversent le char. Le jeune prince tombe embarrassé dans les rênes, et le visage contre terre. Plus il se débat, plus il resserre les liens funestes qui le retiennent. Les chevaux se sentent libres, et leur fougue désordonnée emporte le char vide partout où la peur les conduit. Tels les chevaux du Soleil ne reconnaissant plus la main qui les guidait d'ordinaire, et indignés qu'un mortel portât dans les airs le flambeau du jour, abandonnèrent leur route, précipitant du ciel le téméraire Phaéton[114]. La plage est rougie du sang du malheureux

---

113 Argos. Cité grecque du Nord-Est du Péloponnèse, à cinq kilomètres de la mer.
114 Phaéton. Dans la mythologie grecque, fils d'Hélios (le Soleil). Devenu grand il

Hippolyte ; sa tête se brise en heurtant les rochers. Les ronces arrachent ses cheveux, les pierres meurtrissent son visage ; et ces traits délicats, dont la beauté lui fut fatale, sont déchirés par mille blessures. Mais tandis que le char rapide emporte çà et là cet infortuné, un tronc à demi brûlé, et qui s'élevait au-dessus de la terre, se trouve sur son passage, et l'arrête.

Ce coup affreux retient un moment le char ; mais les chevaux forcent l'obstacle en déchirant leur maître, qui respirait encore. Les ronces achèvent de le mettre en pièces. Il n'est pas un buisson, pas un tronc qui ne porte quelque lambeau de son corps. Ses compagnons éperdus courent à travers la plaine, et suivent la route sanglante que le char a marquée. Ses chiens même cherchent en gémissant les traces de leur maître. Hélas ! nos soins n'ont pu rassembler encore tous les restes de ton fils.

Voilà ce prince naguère si beau ! voilà celui qui partageait glorieusement le trône de son père, et qui devait lui succéder un jour ! Ce matin il brillait comme un astre ; maintenant ses membres épars sont ramassés pour le bûcher.

THÉSÉE

Ô Nature ! force impérieuse du sang ! que tes droits sont puissants sur le cœur d'un père ! C'est en vain qu'on cherche à étouffer ta voix. J'ai voulu la mort du coupable, et je déplore sa perte.

LE MESSAGER

Il est étrange qu'on pleure une mort qu'on a souhaitée.

THÉSÉE

Je regarde comme le plus grand des maux l'accomplissement d'un

___

chercha à connaître l'identité de son père ; celui-ci le reconnut et lui offrit de choisir un présent. Phaéthon demanda l'autorisation de conduire le chariot de son père. Malgré l'avertissement d'Hélios, il tenta l'expérience, mais se montra vite incapable de contrôler les chevaux. Ils s'écartèrent de leur route et le feu menaçait de brûler la terre, quand Zeus intervint et lança la foudre sur Phaéthon, qui tomba dans le fleuve Éridan (le Pô).

vœu barbare.

LE MESSAGER

Si vous haïssais toujours ton fils, pourquoi verser des pleurs ?

THÉSÉE

Ce qui m'afflige, ce n'est pas de l'avoir perdu, c'est d'avoir causé sa mort.

Scène 2

Le Chœur

LE CHŒUR

À quelles vicissitudes est exposé le destin des grands ! Les petits n'ont pas à craindre ces changements terribles : un dieu mesure à leur faiblesse les atteintes du sort.

C'est au sein de l'obscurité qu'on trouve la paix ; c'est dans les chaumières qu'on vieillit sans alarmes. Ces palais, dont le faîte touche les nues, sont exposés à toute la violence de l'Eurus et du Notus[115], aux fureurs de Borée[116], à celles du Corus orageux. La foudre éclate rarement dans l'humble vallée : c'est sur le Caucase altier, c'est sur les forêts de la Phrygie[117] consacrées à Cybèle[118] que

---

115 Eurus… Notus. Dans la mythologie grecque, l'Eurus est la personnification du vent de l'est ou du Sud-Est, et le Notos celle du vent du Sud.

116 Borée. Dans la mythologie grecque, il est le vent du Nord (Aquilo chez les latins).

117 Phrygie. Territoire à l'Ouest de l'Asie Mineure (actuelle Turquie).

118 Cybèle. Elle était la grande déesse-mère de Phrygie, honorée dans l'ensemble du monde antique.

Jupiter fait tomber ses traits embrasés. Ce dieu, craignant pour son brillant empire, foudroie les lieux qui en sont proches. La demeure du citoyen obscur ne saurait être le théâtre d'un grand changement : c'est autour des trônes que gronde le tonnerre. Que d'incertitude, que de mobilité dans les choses humaines ! Qui peut compter sur les promesses de la fortune ? Ce héros[119] qui, fuyant le sombre empire de la nuit, revoit enfin la voûte céleste et la clarté du jour, gémit et s'afflige de son retour, et se trouve plus malheureux dans le palais de ses pères que sur les bords de l'Averne[120]. Ô Pallas, déesse révérée, si ton protégé, Thésée, est rendu à la terre ; s'il a pu s'échapper des marais du Styx, chaste déesse, tu n'es pas redevable à ton oncle l'avare Pluton, puisqu'une autre victime est allée remplacer Thésée aux Enfers.

Mais quelle voix plaintive retentit au fond du palais ? Pourquoi Phèdre éperdue s'avance-t-elle de ce côté, une épée à la main ?

---

119 Ce héros… Thésée.

120 Averne. Lac proche de Cumes et de Naples. Tout près se trouvait la grotte par laquelle on prétendait qu'Énée descendit aux Enfers (cf. Virgile, Énéide, VI). On utilisait parfois ce nom pour désigner les Enfers eux-mêmes.

Acte V

Scène 1

Thésée, Phèdre

THÉSÉE

Qui peut te causer ce violent désespoir ? Pourquoi cette épée et ces cris lamentables ? Pourquoi te meurtrir le sein près de ces restes odieux ?

PHÈDRE

C'est contre moi, impitoyable dieu des morts, c'est contre moi qu'il faut déchaîner les monstres de ton empire, ceux que Téthys[121] garde dans ses abîmes les plus profonds, ceux que l'Océan nourrit aux extrémités du monde dans ses ondes mobiles. Et toi, cruel Thésée, dont le retour est toujours pour ta famille l'annonce de quelque malheur, la mort de ton fils et celle de ton père ont signalé ta présence. Haine, amour de tes épreuves ont été également funestes.

---

121 Téthys. Dans la mythologie grecque, l'une des Titanides, fille de Gaia (le Terre) et d'Ouranos (le Ciel) et femme d'Océan.

Hippolyte, en quel état je te revois ! Voilà donc mon ouvrage ! Quel nouveau Sinis, quel nouveau Procruste[122] a mis ainsi tes membres en lambeaux ? Quel minotaure, quel monstre aux cornes menaçantes, et remplissant de ses longs mugissements le labyrinthe de Dédale, t'a déchiré si cruellement ? Hélas ! que sont devenues les grâces de ton visage, et ces yeux qui brillaient d'un éclat divin ? Te voilà donc étendu sans vie. Ah ! demeure un instant, écoute-moi ; je n'alarmerai point ta pudeur. Cette main va te venger : ce fer, plongé dans mon sein coupable, va me délivrer de la vie et de mon forfait.

Je te suivrai, amante passionnée, je te suivrai sur l'onde du Styx, à travers les torrents enflammés du Tartare. Mais apaisons d'abord son ombre. Reçois ces cheveux, dépouille d'un front empreint des marques de ma fureur. Nos âmes n'ont pu être unies sur la terre : la mort du moins nous réunira. Vertueuse, meurs pour ton époux ; pour ton amant, si tu es infidèle. Quoi ! je rentrerais dans la couche nuptiale, que j'ai souillée par un si grand forfait ! Malheureuse ! il ne manquait à tes crimes que de reprendre le rang et les droits d'une épouse fidèle.

Ô mort, unique soulagement d'un amour malheureux, seule réparation de la pudeur outragée, c'est toi seule que j'implore ; c'est dans ton sein que j'espère trouver la paix. Athènes, et toi père plus funeste à ton sang qu''une marâtre, écoute-moi. Oui, j'ai calomnié Hippolyte ; j'ai rejeté sur lui le crime que mon âme avait conçu. Ta vengeance fut injuste ; le fils le plus vertueux, le plus chaste des mortels, a péri victime des calomnies d'une incestueuse. Reprends, ô Hippolyte, ta réputation sans tache. Mon sein n'attend plus que le coup mortel, et mon sang va couler pour apaiser tes mânes irréprochables. Et toi, meurtrier de ton fils, apprends de sa marâtre ce que tu dois faire ; apprends d'elle à mourir. (*Elle se tue.*)

---

122 Sinis… Procruste. Dans la mythologie grecque, deux brigands, tous deux fils de Poséidon, sévissant le long de la route reliant Trézène à Athènes, qui moururent de la main de Thésée en leur faisant subir les mêmes supplices qu'ils infligeaient à leurs victimes.

Scène 2

Thésée, le Chœur

THÉSÉE

Antres ténébreux de l'Averne, gouffre du Ténare[123], eaux du Léthé propices aux malheureux, lacs hideux des enfers, recevez un père barbare, pour le livrer à d'éternels supplices. Accourez, monstres cruels des mers ; quittez les retraites où Protée[124] vous retient ; et, pour me punir d'une joie barbare, engloutissez-moi dans vos abîmes profonds. Et toi, mon père[125], toi toujours trop prompt à accorder les vœux inspirés par la colère, j'ai mérité la mort, moi qui, par un supplice nouveau, ai dispersé dans la plaine les membres de mon fils, moi qui, en voulant le punir d'un crime supposé, me suis rendu moi-même criminel. J'ai rempli de mes forfaits le ciel, la mer et les enfers. Que me reste-t-il à souiller encore ? J'ai profané les trois empires de l'univers. Fatal retour ! Je ne suis donc revenu sur la terre que pour voir une double mort dans ma famille, que pour allumer avec le même flambeau le bûcher de ma femme et celui de mon fils. Toi qui m'as fait revoir le jour que je déteste, Alcide, rends à Dis le présent que tu m'as fait, rends à Thésée sa place dans les Enfers. Coupable d'un tel forfait, j'implore en vain la mort.

Barbare, toi qui inventas pour ton fils un genre de mort affreux et inouï, invente pour toi-même des supplices dignes de ta cruauté. Que la cime d'un pin soit courbée jusqu'à terre ; que l'arbre, en se redressant, disperse mes membres palpitants[126] ; qu'on me précipite

---

123 Ténare. Promontoire du Sud de la péninsule du Péloponnèse considéré par les Anciens comme une des entrées des Enfers, une caverne se trouvant à son extrémité.

124 Protée. Divinité de la mer.

125 Mon père. Ici, Thésée s'adresse à son père divin Poséidon (Neptune).

126 Allusion aux crimes de Sinis auxquels Thésée mit fin. Le brigand, surnommé le « courbeur de pins », rançonnait et torturait les voyageurs sur la route allant de Trézène à Athènes en les écartelant entre deux pins dont il courbait les cimes pour y attacher ses victimes par les pieds. Thésée mit fin à ces crimes en

sur les rochers du barbare Sciron. J'ai vu des tourments plus affreux, et dont les coupables, environnés par les ondes brûlantes du Phlégéton, ne sauraient s'affranchir. Je sais la place et le supplice qui m'attendent aux Enfers. Ombres coupables, trêve à vos tourments. Que le vieux Sisyphe[127], chargeant son rocher sur mes épaules, repose enfin ses bras fatigués ; qu'une eau fugitive trompe sans cesse mes lèvres altérées ; que le vautour cruel abandonne Titye[128], pour déchirer mes entrailles toujours renaissantes. Et toi, père de mon cher Pirithoüs[129], repose-toi enfin, et que mes membres attachés à ta roue suivent le mouvement rapide qui t'entraîne sans cesse.

Ô terre, entrouvre-toi ; enfer, ouvre-moi tes abîmes. Un plus juste motif m'y appelle cette fois : j'y vais rejoindre mon fils. Ô Pluton, ne crains rien ; je ne sers plus une flamme adultère, et je rentre dans ton empire pour n'en sortir jamais. Hélas ! les dieux sont sourds à mes prières. Mais qu'ils seraient prompts à les exaucer, si je les implorais pour un crime !

LE CHŒUR

Ô Thésée, l'avenir suffit à tes regrets ! Occupe-toi maintenant des funérailles de ton fils ; hâte-toi d'ensevelir ces membres si horriblement défigurés.

THÉSÉE

Oui, oui, apportez-moi ces chers et déplorables restes, où l'œil

---

lui faisant subir le même sort.

127 Sisyphe. Dans la mythologie grecque, Sisyphe avait la réputation d'être le plus rusé des mortels. Après avoir trompé à plusieurs reprises les dieux, quand il mourut, les dieux des Enfers lui réservèrent un châtiment fameux : il lui fallait pousser en haut d'une montagne un gros rocher qui, chaque fois qu'il allait atteindre le sommet, roulait jusqu'en bas.

128 Titye. Géant poussé par Héra à faire violence à Léto (la mère d'Apollon et d'Artémis/Diane). Il en fut empêché et condamné à avoir le foie éternellement rongé par deux vautours dans le Tartare.

129 Père de mon cher Pirithoüs. Ixion, qui tenta de séduire Héra, l'épouse de Zeus. Pour le punir de son crime, Zeus, aux Enfers, le fit attacher à une roue enflammée qui tournait sans cesse sur elle-même.

d'un père ne peut plus reconnaître son fils. Mettez sous mes yeux ces lambeaux rassemblés au hasard. Voilà donc mon Hippolyte ! Ô crime affreux ! c'est moi qui t'ai donné la mort ! et, pour n'être pas seul coupable, j'ai imploré le secours de mon père pour accabler mon fils. Voilà les faveurs que je reçois de Neptune ! Malheur déplorable ! j'ai perdu le soutien de ma vieillesse. Embrassons ce corps déchiré ; donnons à ses débris malheureux ces tristes et derniers témoignages de ma tendresse. Remettons à la place qu'ils occupaient ses membres confusément rassemblés. Ici devait être sa main valeureuse, là sa main gauche ; si habile à diriger des coursiers. Je reconnais les signes imprimés sur son flanc gauche. Combien de parties de son corps ne seront point arrosées de mes larmes ! Ô mes tremblantes mains, ne vous lassez point de ce pénible devoir ! Ô mes yeux, retenez les pleurs que vous versez ! laissez un père compter les membres de son fils, et rendre la forme à son corps. Quel est ce débris informe et tout défiguré par les blessures ? Je ne sais, mais c'est une partie de toi. Mettons-le à cette place qui n'est pas la sienne, mais où il manque quelque chose. Est-ce là ce visage qui brillait d'un éclat divin et qui charma les yeux mêmes d'une marâtre ?

Voilà ce qui reste de tant de beauté ! Destins cruels ! funeste faveur des dieux ! c'est donc ainsi que vous me rendez un fils ! Reçois, ô Hippolyte, ces dons funèbres de la main de ton père ! tes funérailles auront lieu plus d'un jour. Que le feu cependant consume ces restes. Ouvrez le palais où une mort si affreuse a répandu le deuil, et qu'Athènes entière retentisse de nos gémissements. Qu'on prépare un bûcher royal ; et vous, ses fidèles compagnons, cherchez dans la plaine ceux de ses membres qu'on n'a pu retrouver.

(*En montrant le corps de Phèdre.*) Pour elle, que son corps soit inhumé sans honneur, et puisse la terre peser sur sa tête impie !

FIN